Poucas e boas

Celia Cavalheiro

Ilustrações
Edith Derdyk

ILUMINURAS

Capa:
Fê

Ilustrações de capa e miolo:
Edith Derdyk

Filmes de capa:
Fast Film - Editora e Fotolitos

Composição e filmes de miolo:
Iluminuras

ISBN: 85-7321-114-8

Nosso site conta com o apoio cultural da via net.works

2000
EDITORA ILUMINURAS LTDA.
Rua Oscar Freire, 1233
CEP 01426-001 - São Paulo - SP - Brasil
Tel.: (0xx11)3068-9433 / Fax: (0xx11)282-5317
E-mail: iluminur@iluminuras.com.br
Site: http://www.iluminuras.com.br

ÍNDICE

UMA HISTÓRIA

Sentou-se num canto do sofá pensando ser bem este o espaço que lhe servia. Com um pouco de frio, mãos entre as pernas, apertou-se mais contra o braço daquele sofá tão seu conhecido. — Suspiro — Olhou em volta com essa pontinha de satisfação que sentimos ao concluir um serviço. Tudo estava limpo, tudo no lugar, nem um pozinho sobre a mesa, da posição em que estava podia reparar bem. Só aqueles brilhinhos na fresta de sol que se alargava, tímida, pela sala. O inverno reinava em azul-azul do outro lado da janela.

Instalada em seu conforto não percebeu as horas, mas o frio aborrecendo a tarde, doendo triste, até que começou o barulho do jantar: primeiro a sopa quente escorrendo para a tigela, a batida dos copos sobre a toalha grossa, a menina pequena ajeitando os talheres e o arrastar pesado dos chinelos de dona Chica. Tudo na hora certa. Em seguida, o cheiro abafado da frigideira — teríamos ovos para o jantar? não é possível, absolutamente indijesto —. Enfim, o barulho das chaves e o inevitável jornal. As cores do fim de tarde, os mansos odores de um pré-sossego. Jantar era se ver livre das obrigações do dia. Depois. Depois mais nada.

Podia se lembrar de pouca coisa em sua vida. A infância (quase um naco), a casa velha, o dia do casamento, as dores dos partos: tudo vago, espalhado. Mas a hora do jantar. Parecia poder ligar a moviola do tempo: noite após noite, todos os quase-noites e os arrastares de cadeiras, o beijo na filha menor — a que restava —, a falta da sobremesa e o vinho. Podia se lembrar do gosto, da taça, de cada rótulo. Naquela hora absurda tudo podia se juntar com perfeição de vitral, cores, contornos, instantes. Estava perplexa. Era ela mesma metida naquele sofá, naquele abraço, naquele dia. E ainda ela com um perfume doce demais, encostada na janela, esperando. E ainda ela, por assim dizer, já mais velha. E ainda ela segurando a garrafa com água quente, sentada na beira da cadeira, jantar esfriando e o choro quieto, apertado. Torcendo entre os dedos úmidos a garrafa agora morna e o choro, o choro.

Tudo isso podia se lembrar, ali, olhando as coisas tão arrumadas. Logo viriam buscá-la. Ou já teriam vindo e esta era sua nova casa? — Tudo tão em ordem: a mesa, as cadeiras, o jantar há muito não servido. Tudo em ordem e arrumado. Só este último reflexo de sol em seu olhar. Em sua tarde. Em sua vida.

A CONTRA GOSTO

Era uma velha canção sempre interrompida pelo chamado do telefone. O telefone estava fora, a canção dentro. Como as letras certeiras no caderno de caligrafia, sempre dentro. Dentro da linha, dentro do compasso. Até o coração se acostumar era fogo. Menina, você é fogo! O que ele poderia querer dizer com isto? Disse isso e fugiu. Acho que não era nada. E a velha cançãozinha enjoada. Se precisar beber para escrever então beba. Se precisar de um pouco de ar, não esquece: respira! Menina. Que menina engraçada, bonita. Sempre com uma cançãozinha na cabeça. O coração aos pedaços e ela respira. Também com tanta valsa, com tanto azul. Agora deu para mudar de cor. Corre menina, corre.

UM DIA A MAIS

Quando as portas do palácio se abriram, primeiro ela se assustou. Ficou tão intimidada que preferia que o chão se abrisse no lugar de portas tão enormes. Mas entrou. Relutante mas bem inteira. Entrou. No silêncio daquele salão enorme, porém acolhedor, esperou por algum sinal. Foi quando olhou para os seus sapatos e, eles não eram novos. Ia dar meia-volta quando ouviu uma voz suave vinda de uma das portas entre-abertas. Era uma mulher estupenda, de um moreno colorido, exuberante e discreto ao mesmo tempo, como se fosse possível. A voz disse fique à vontade você é bem-vinda, logo servirão o vinho. Ela pensou que preferia um bem forte e seco e tinto mas aceitou agradecida a taça fresca de uma bebida elegantemente branca. Na terceira começou a se sentir mais à vontade. Todos eram muito gentis, a mulher, que tomou por ser a Rainha, a filha absolutamente bonita e a gata.

Foi quando ele entrou. Soberano e triste, igualmente moreno. E calmo. Ela sorriu. Ele notou, com uma certa discrição, suas sete saias.

Daí para ser convidada para a ceia foi um pulo. Mas os seus sapatos, sua pele clara, fez com que ela simplesmente prometesse que voltaria, se fosse do agrado de todos, um outro dia. Disseram que sim. Em uníssono.

Os convites chegaram, realmente, em sua aldeia distante. Ela driblava o medo e pedia desculpas. Foi tida como muito educada, estava aceita, era basicamente querida.

Foi.

Depois de algumas idas sentou-se ao piano, na verdadeira sala, a sala real. Cantou, acompanhando-se num dueto corajoso de si para si, de olhar para olhar. Tornou-se cada vez mais querida, parecia quase da família.

Passou.

Comprou sapatos novos e compunha, com desempenho, canções mais claras, mais belas, mais dela. Ele notou. A Rainha sorria. A gata miava. A filha não era tão bonita.

Passou.

Quando se ausentava por muito tempo ele perguntava. Interessado mesmo queria saber de novas canções. Mandou um piano de presente para sua distante aldeia. Não cabia. Era de marfim, perfeito, cada nota uma dissonância mas ela, na sua distração de bem-tratada, não notou.

Vai daí que, contida numa tristeza esquisita, começou a confundir o castelo com sua aldeia. Ele vinha às vezes, muito simples, reclamar sua ausência, elogiar sua fina figura, sempre com aquele olhar discreto em suas sete saias.

Ela enrubesceu. Esqueceu a Rainha. E os bons tratos. E as boas maneiras. O olhar dele, já disse moreno, sombreava sua aldeia.

Então, ela, de súbito, empalideceu. Há muito lhe serviam o vinho adequado: seco, forte, tinto.

Ela chegou bem perto. Mas errou a data.

Ele não estava pronto.

A Rainha mandou fechar todas as portas do palácio.

O Rei está morto.

O Rei sofreu.

O Rei morreu.

PEQUENA FLOR

Olha aqui minha pequena flor quantas vezes lhe disse que a vida não é um simples destino? Eles te enganaram direitinho e nem eram tão astuciosos. Quem sabe possa chorar agora, mas nunca mais como da primeira vez. Olha, isso de te trazer e te expulsar é o meu jardim que obriga, é a minha maneira de regar e ainda pedir chuva. Bom, não se pode explicar tudo de um jorro, então, pequena flor, sai logo esbanjando sua leveza, sai logo de um paraíso para outro, eu nunca vou te alcançar. Se você me olha assim eu conto, não devia mas você (sempre você) se amarra desse jeito ao pé da cama e diz que só vai depois que eu disser que te odeio. A serra elétrica da construção em frente talvez me livre de você e da cama. Minha pequena flor de trepadeira, não existe a sorte, nem a páscoa depois da quaresma. Não existe esse momento e mesmo assim você se agarra. Era uma vez o monte das oliveiras... acredite ou não, a história é essa, então, após muito sofrer nós nos resignamos — cedo ou tarde é sempre fatal. Olha, tem a do cordeirinho que não acreditava que os lobos vivem em matilha, um dia não deu tempo. Você ainda ouve, quer a verdade mas eu não digo, não é mais flor é só ouvido, mas eu não digo. Porque você não usa essa cor púrpura que eu inventei? Depois do carnaval ficam as alegorias de mão, no parapeito eu podia me despedir, e você ia, bandeirinha solta, bandeirinha púrpura. Olha, eu não sei música, não sei verso, foi sem querer que te prendi. Se não há ritmo não há beleza, a vo-vozinha pode te ensinar o crochê e a maneira de ser museu mais tarde, vai avezinha, flor de cactus, sopro raro, vai. Não te digo mais quantas vezes os girassóis murcharam antes que eu pudesse plantar um deles sob minha janela, então de que adianta? O pólen, solto por aí, pode provocar alergia, e a floresta é vasta. Vai ave-zinha que eu nunca vou poder te curar as feridas, e você vai acabar reparando que depois dessa janela não há mais vôo, nunca mais. Quer que eu te beije agora? Ainda posso se você prometer que é bem de leve, bem de leve, olha que foi sempre assim que te beijei.

O TEU NOME

Taquicardia. Sede. As mãos úmidas, frias, quentes. (Uma leve dor no baixo ventre). A articulada palavra. Meus cílios tremem, não correspondem ao bater natural que se trairia em lágrima. Meus cílios respondem, fazem eco, coram. Meus cílios decoram o meu olhar. Temo não ter mais nenhuma chance: correr em retirada. O que está dito me antecipa. Sair então, me safar.

Não neste exato momento em que meus pés ardem. Neste sim que apavora acontece a literal curva do acanhamento. Teu jeito, meu rio. Se meus dedos ardem tua coragem vacila, tanto que já não sei me despedir. Invento um abraço, na hora errada. Beijo tua testa ao invés de dizer quem é realmente a tua cara. Quem, na noite, no sonho, por esta calçada molhada?

Boa tarde meu bem.

E a tua voz sem fim neste fim de tarde sem fim nesta vida — que passa —. Sonhei que estava bem perto e te dava um beijo, mas tua mulher me queria. Não fiz nada.

Ando à toa na tua rua à toa, cantando uma cançãozinha enjoada, como se eu pudesse dizer certas coisas: outro dia conheci uma dona mas não topei. Outro dia encontrei uma bica mas não bebi.

Mato-me hoje.
Devolvo-me amanhã.

E esta terra é tua e este pranto. Mas o coração é este mal-enganado.

Por fim terei tempo. Somos costumeiros, aconchegantes para o mal. E quando tarde, bem tarde, no meio da noite ouvir teu recado estarei pronta para não ir.

Sorrio para o meu quarto.

Prefiro não perder nada. Componho tua imagem, encantada, batizada, estranha meia-prata. Componho tua enorme lua e os mansos favos da tua não permanência.

FINURA

Chovia. Grande coisa, sempre chove nessas horas. Quando não, mais tarde relatamos — chovia —. Era da janela que ficava tentando mudar o nome das coisas para disfarçar o mau hábito, era na janela que passava todo o tempo, sentindo a dimensão do pulo e a medida da coragem. Depois, ia para a cozinha, recebia visitas e falava, obedecendo a um dos passatempos da espécie.

Exatamente naquele dia, de fato, chovia. Quantas vezes mais teria a chance de se lembrar? Sempre aquele jogo de arranjar espaço, apagar a luz, ligar de novo. Até que seu quarto era bonito, a família discreta, o gato complacente: "Prometa complacência, eterna complacência", como não podia, arranjou um gato.

Alta assim que via um desfile de escadas com ruas por cima. Cismada de desejo, restava o cigarro e o passo lento, noite feita e aquele bendito caminho de volta.

Já os antigos desviavam de vista — só se admite moça querida —. Fosse amor e não teria jeito, escancarava logo as pernas, um só beijo e muitas maneiras de se mostrar terna, bocejos para se aninhar. Fosse amor: deitava em mímica salgada, fingia tudo, pequenos sustos, um rasgo na saia e aparecia morena, como são exatos os filhos dos filhos da dor. Era fácil: enxugar os pés no tapete meio sem graça e, de leve, os cílios se abaixam. Fosse amor — e não desejo — dava um jeito sim.

Alta que era da janela e porque chovia lembrava de não morrer, mas se a chuva parava... ah, les parapluies. Mesmo que por um fio último — corrimão de um imenso palácio —, escorregaria, simples.

Há o istmo, reles e imperceptível, quando a coisa muda de lugar.

MONOTONIA

Por um fio não disse a palavra errada: a voz falhou, o que era geralmente provocado pela garganta seca. Estava acostumado a abrir uma garrafa de vinho toda vez que não podia com a situação. Geladeira vazia ficou ali parado com o saca-rolhas na mão, olhando para ela, e não disse.

Ela entendeu que — parece — havia mudado alguma coisa, ele se sentiu fraco, incapaz e vitorioso apesar de si mesmo. Mais tarde lembraria de não lamentar o fato, mas como agora queria ter dito! Ter sido insistentemente caótico: errar era um dom. E, no entanto, falhara.

Por um fio, porque a voz se afina e se lança — ou — se amolda aos fatos e ele odiava os fatos, os dados, a experiência. Acertar era um cansaço imperdoável.

Ela, de satisfeita, puxou a cadeira e o convidou para sair, tomar um lanche. O prosaísmo do rumo que as coisas estavam tomando fazia sua cabeça girar. Ele ali, malabarizando o inútil saca-rolhas, ouvindo antecipadamente o sim que sairia de sua boca sem o seu consentimento. Sim, sim. Vamos sair e acertar o passo, vamos torcer para que tudo dê certo de uma vez por todas, o céu é azul etc.

Notou que podia, antes do prumo, sentir pavor pelos atuais, futuros e impróprios acontecimentos. Por um instante sentiu inteira sua insatisfação. Gozo enviesado: odiar também não é um erro.

HIALINA

> Andava com todo tipo de gente. E ainda beijava os pés dos porcos.

Hoje, quando o galo cantar três vezes, nesse hoje ainda não acontecido, trairemos a nossa única palavra e estaremos unidos por isso.

Também os dentes, muito mais brancos, povoarão nossa fala. Teremos um doce acordar e um breve, brevíssimo bem-estar instalado atrás de cada porta. As sedes e os aromas rompendo a primeira manhã desse tempo algum, sedes novas para novos desejos e um desespero extremado arranhando o teu céu.

Quando o galo cantar, três vezes, diferentes línguas já terão dito a palavra. E só teu corpo só, homem de lata, estará sofrido, nenhum mais te olhará. Redimidos os abraços e os temporais. Redimida a força e o sol daquela hora. Hoje, quando rosa e vento tiverem sua vez, quando todas as irmãs — brancas — cantarem, pés nus na grama molhada. Macio adoecer e morrer.

Hoje, ainda que não haja tempo, que o tempo não exista, que as janelas estejam escancaradas para matar o tempo, um único sinal escapará das mãos — brancas — das irmãs brancas sob a chuva, acolhidas pelo esquecimento. E nenhum apego, homem de lata, nenhum grito em nome de teu registro, para salvar tua palavra, de lata. Ainda que sejam estas as irmãs e as sedes.

E suas lágrimas eram de ouro,
paralisavam o seu olhar.

Seremos imponderáveis, homem de lata. E apesar de nossa fome, o não medo. Esta a tua paga. Então pede passagem, condor, na tua impaciência, pede e te atenderão. Por trás da névoa e da relva cansada existem deuses e eu. Um só. E ainda outros que te dirão como passar.

Depois vejo tua boca respirar, branda. E vejo-te inteiro, na beleza e na ausência. Absoluta a tua raça. Um véu que não se rasga dentro da mais gelada solidão. Acaricio a noite enquanto caem todas as estrelas sem que eu possa sequer me lamentar: volta homem de lata.

Serão contentes ainda os sinos, depois do entendimento? Serão ainda nossas as nossas palavras? Três vezes confirmada esta traição recomeça o mundo e a tua dança, recomeça teu pobre brilho de lata. E ainda estaremos aqui.

No último instante quis ser homem apenas para poder, junto às irmãs brancas, gemer um pouco, adoecer, ser esquecido.

Mas nossa tarefa é não te perdoar jamais.

DIA!

A fragilidade das túnicas. O calor da hora. Uma nota, uma pequena nota dissonante de qualquer espera. Era uma vez um menino franzino moreno pequeno de fazer dó. Era uma vez um dó. Era uma vez um dó pequeno moreno menino. E as túnicas dependuradas na janela. Ela dentro, na cama seu leito de cachemire, seu jeito, seu colo, seu doce tormento.

A fragilidade dos risos, do outro lado, à margem do seu encanto. Dela, a moça no leito aquela. O desacordo das rosas arranhadas na madeira, na cabeceira da cama, seu dorso, no meio do quarto, um gira, um dia claro balançando na janela. Do outro lado, a bela, as rosas cor-de-rosas, as veras rosas.

A fragilidade do olhar, atravessando arestas. A cena clareada, transparente. A cena era dela, na cama, semi-morta, semi-ela, pronta. Ventando embalava sua janela.

A mera sombra na cama, era dela, a frágil presença do menino franzino moreno querido, era dela.

TARÂNTULA

Dando os devidos descontos não era tão ruim assim. Mais três lances de escada e tudo resolvido e: esquecido. A menos que parasse para pensar, mas isto quase nunca acontecia e nem estava entendendo esta cisma fora de hora. Era só tomar fôlego e se distrair com o corrimão que, reparando bem, estava um pouco ensebado e... não adianta. Sentiu suas pernas em câmera lenta, o próximo degrau altíssimo e o topo da escada — inatingível —. Que hora para pensar! Ainda mais com a falta de hábito, isso poderia durar horas. Estava tudo tão certo, garantido, perfeito. Sairia dali com a vida pronta, bandeirinha livre, um anjo desincumbido, sem ambição, uma sombra luminosa, uma formosura sem problemas nunca mais.

A escada flutuava na sua frente, no alto o parapeito de uma janela — mal notada — distribuía agora filetes dourados numa exibição dolorosa, impedindo qualquer aproximação. Seu corpo pedia retidão mas os pensamentos, completamente desabituados à luz do dia, turvavam os poucos momentos que restavam. Pronto, depois da mais absoluta queda viu-se sentada ali, ainda no primeiro degrau de mármore gasto, na porta daquele edifício velho, sem nenhum atrativo. Cansada, — não era fácil pensar —. Exausta. Velho mundo enviesado, lembrou-se. A duras penas havia aprendido a ficar.

E,

Então foi fácil decidir, decidirmos todos, não aceitar da morte nem a boa nem a quente canção. Porque muitos, ela se resignou e a vimos dançar sozinha pela encosta até de manhã e, como havia o café para ser bebido feito por mãos que nunca pensaram nisso, abandonamos o espetáculo certos de que mais uma noite ela não agüentaria, poderíamos ter de volta nossa vista de vales e montanhas e, da morte, nem seu hálito nem sua fome nos abateria.

Desta maneira, ninguém ficou vigiando.

Todos dispersos, fingiam não se lembrar e não lembramos até que, passado o frescor do combate, o primeiro a sair para o trabalho teve uma sensação atrapalhada de que lá em cima alguém ainda dançava, como era velho deu de ombros e, seguindo conselhos próprios, achou que o assunto não era seu. Mas outros começaram a se incomodar quando — bem cedinho, na vila quieta — alguma coisa lá em cima rodava e rodava, ensaiando de viva voz (nem tanto) uma cançãozinha enjoada. A princípio acreditaram ser apenas um vício mas como não houve cristo que passasse pela estrada sem levantar os olhos: votaram pela peregrinação.

O plano era simples, subiriam todos a encosta em silêncio. Se o canto se tornasse, com a subida, cada vez mais redondo e quente é porque então ela estava lá, insistente, esperando. — tempo — Não foi contente a subida nem feliz o encontro com aquela que, mal chegamos, sorriu, um riso morno e acolhedor, um riso cheio de encantos (medonho), tranqüilo, um riso mesmo de menino. Convidou-nos a sentar, dançar com ela, cantar, fazer enfim o que quiséssemos, que tanto fazia já que tínhamos ido, que não conseguimos resistir, que ela não havia feito nada além de ficar ali, dançando com sua maneira incansável — própria de sua natureza — de dançar. E fomos nos sentindo tão bobos, tão mesquinhos, olhando com uma tristeza fria nossas casas lá em baixo, nosso trabalho e alguns filhos.

Porque muitos, nos resignamos e fomos ficando de mansinho e, da morte, nem seu hálito adquirimos porque pela encosta ela desceu e, dessa vez, foi sumindo.

EM CENA

Estou aqui, tranqüila e não me importo mais com o que possam dizer. Passei a noite em claro, ou quase, remexendo na memória, buscando a hora exata em que tudo começou, mas nada, todos os momentos encontrados eram falsos, traídos, remendados. Como confiar em mim?

Pensei em trazer de volta para casa todas aquelas crianças, reconstituindo, como se diz, a cena do crime. Mas sou esperta demais, não serei pega de maneira tão habitual, previsível. Não serei pega. Também pensei em entregar a chave da casa a Dora, mas ela é pequena ainda. Fico imaginando seus passos miúdos subindo e descendo as escadas, sem saber o que fazer com esses móveis escuros, com essas imensas possibilidades de esconderijo, sem saber lidar comigo.

Nenhuma solução me parece a correta. Não existe solução porque tudo ainda não acabou. Devo ficar aqui, calma, esperando que eles venham e comecem o interrogatório. Responderei todas as perguntas, não vou omitir nada, como se poderia supor; direi somente a verdade mesmo que não me ouçam em juramento. Cada detalhe será exposto em sua crueza de passado, cada gesto, cada palavra. Não se pode negar o que passou, só não abrirei nenhuma fresta, nem uma porta sequer. Eles me acharão justa e não importa o que ainda possam dizer.

Estou tranqüila, esta noite dormirei melhor. Quando tudo acabar talvez não me lembre como foi que me safei, como pude ter tanta certeza, como pude manter a casa arrumada. Mas ninguém mais estará aqui.

CONSUMMATIO

Deixa a vida seguir agora. O fato posto. O amor pelo próximo. A tranqüilidade aparente nas coisas que são, que fingem, contornam. O miasma resgatando essências traz um jeito de pó ao torto, ao inacabado. O miasma resgatando o compromisso de se ter uma essência. O miasma perplexo. Tudo está por ser ferido, tudo ainda não é. Andar com as próprias pernas, declinando a memória, arrastando o que não se consegue deixar para trás, porque são inevitáveis os laços, as ternuras e as estações. O bater de cílios é inevitável, a vida: auto-suficiente. O corpo se cansa, não tem culpa, sofre de trapézio absoluto, e a vida insiste, cobra dele a permanência, o testemunho na multidão. E a multidão se faz inevitável. Deixa agora. O contorno das ruas é teu dilema, o comprimento infinito dos contornos será tua cisma e essa ocupação te fará sorrir, às vezes, e morrer, nunca mais.

ASSIM

Ela era tão fértil como uma imaginação, vai daí que nem notou a queda. Foi se levantando devagar e limpando os joelhos, queria pedir desculpas mas todos foram muito educados, fingiram não notar e ela pôde se distrair de novo. Precisava arrumar as idéias, mas se distraía. E a família como vai? Os filhos? Mamãe abortou mas nem deu por isso, disse que Deus perdoou quando eu nasci. Também, naquele tempo, não se sabia mesmo. Era mais ou menos isso, alguém se levantava e dizia: hoje é o acontecimento. Todos ficavam meio bestas porque esperavam, mas sabiam que nunca. Silêncio. A filha pequena dorme. Cena familiar, não fosse pelo dito. Ninguém contava com um efeito tão fácil, ninguém ali estava acostumado a uma vida sem esforço, sacrifícios. Silêncio mesmo. A filha pequena tinha um sono de ouro porque são de ouro todas as maçãs, todas as maçãs.

A casa existia sem conforto, sem lugar onde se apiedar. Os espaços eram sempre determinados: aqui se dorme, aqui se come, — aqui se brinca? Aqui. (E ela foi tecendo a rede, sabendo que nunca entenderia.) Ter um quarto e uma avó doente, aprender benzeduras e a hora exata de se despedir "bença vó, hoje é nunca mais?" Pausa. Se era tão fértil deveria ter-se casado, não ter amantes, não ter vivido. Sabia que possuía um destino comum: pintar os cílios no dia de ano. Nos dias santos tirava folga, fazia tricô para suas asas que cada dia pousavam menos, pousavam para lá de só Deus sabe a distância que ela tecia.

Também dizia pouco porque a filha dormia e todos respeitavam isto. A festa acabava mais cedo e a família — esta — pontuava com um ar de se não fomos felizes...

Um dia acordou tarde e não teve mais tempo de fugir. Ele estava na sala anunciando o acontecimento, a filha dormia porque não precisava saber, a filha dormia porque não era sua vez, a filha dormia porque não era esperada, a filha dormia, sem que ninguém soubesse onde exatamente. Então todos estavam quietos, ele diria. Todos estavam naquela posição secular de quem não pode fazer mais nada, qualquer palavra seria furto de uma saudade premente e irremediável. A família se constituía de amor à família e era necessário estar reunida diante daquele momento. Momento pequeno que se perderia com o tempo, que se transformaria em um ponto eqüidistante entre a chuva e o triste de ser um momento.

Então ele disse.

E ela ouviu, atenta, enquanto a filha ainda dorme.

UM OUTRO CONTO DE NATAL

Temerosa de que descobrissem por si mesmos foi logo confessando: matei sete criancinhas. Cada uma de um jeito diferente, mas todas com muito carinho. Sou sim muito delicada e, num geral, as crianças gostam de mim. Não tenho problemas com me aproximar, descobrir o nome, ganhar um beijo. Logo suas mães também se aproximam. Prefiro matá-las antes, para que não sofram. Sou cristã. Sempre fui honesta. Não, nunca nenhuma chorou. São anjos, batem as asas um pouco mais devagar e me olham enternecidas. Nunca toquei um dedo nelas, entrego meu rosto, elas me beijam e adormecem. Seus corpinhos alveolados rodopiam no ar quente — sim, só faço isso no verão — vão subindo até o topo da figueira e então, quando eu deixo de olhar, elas somem. Posso garantir, não existe sofrimento. Às vezes, sinto que me pedem, mesmo sem vontade acabo atendendo, são anjos, não se pode negar. São estrelas. Mas agora as águas já estão chegando. Tudo deve se recompor para o próximo ano. É absolutamente necessária muita calma, para que não haja estranhamento de nenhum lado. São crianças, são anjos, mas espertas, muito espertas.

Disse isso e saiu.

CLARICE

Pediu tantas vezes que não fizesse mais aquilo, mas como não tinha a menor importância esqueceu. Depois foram os goles cada vez mais rápidos, galopes na chuva, na noite. Acontecia tanta coisa para em seguida zap, era melhor não pensar mais nisso, pronto.

Em dois dias comprou uma passagem só de ida e, como eu observasse tudo muito quieta, resolveu nem se despedir. Também, não fui.

Vem daí minha cisma com Clarice. Desde que derrubou aquela taça de vinho venho tentando, e ainda não consegui, alcançar o vermelho que manchou seu vestido. — Teve que explicar a distração em várias línguas porque a taça era de Murano. — Logo na primeira visita, coitada. Eu disse que nem tanto mas o argumento dela foi imbatível: preferia o copo de plástico. Não ficava bem.

Clarice nunca me ouviu. Mesmo no dia da passagem, comprou sozinha e só me contou depois, diante da minha cara muda e daquele mesmo disco na vitrola. Tenho tanta esperança de que um dia volte — suspiro — ou que pelo menos tenha trocado os óculos. Clarice não enxerga bem os carros e, às vezes, cismo.

Outras vezes saio para beber com seu namorado, alguma dessas vezes tenho vontade de matá-lo, como nunca confiou em mim não vejo necessidade.

Talvez ela tivesse razão. Pediu tanto. Só quem nunca tivesse provado o gosto de Clarice atenderia. Quando alcancei sua boca pela primeira vez soube, quando se decidisse não iria me despedir.

POST SCRIPTUM

Esta é uma carta que não segue. Ao reler isto, rasgou. Se não segue não seguimos, nunca nos vimos, nem pense, estalou. Nisto ouviu a porta de entrada abrir e fechar. Guardou os pedaços de papel, quem sabe mais tarde juntaria as idéias, as promessas. Promessas a quem? Desejos, agora sim. Desejos seus, às vezes prementes às vezes não. Afinal tratava-se de um comunicado, uma pequena história, ah, um nada para ser contado, assim, com este ar de repertório. A porta bateu de novo. Vá lá, estava sozinho: aproveitar, aproveitar, aproveitar o meio-tempo, o meio-fio que era sua vida.

Esta é uma carta que escrevo mas não segue. Retalhos esquisitos bordavam o papel. Teria bebido? Um fundo de quintal ensolarado teimava em aquecer o ranço que sentia, algumas imagens, que confusão estava sua cabeça! uma fogueira boba e a mágoa. A porta. Rasgou.

Aceitou a xícara de café quente e despediu a empregada para se livrar da porta. Escancarou todo o apartamento e se colocou ao lado do telefone. Espera. Arriscou uma frase qualquer para ouvir a própria voz, lembrou-se que costumava dar bom-dia a si mesmo quando se levantava muito cedo e não havia ninguém para conversar. A própria voz era uma companhia inconstante, falhava, branqueava quando era mais urgente falar. Muito bem. Esta é uma carta que se não seguir eu morro porque não posso ficar para sempre neste tom. Neste absurdo de não mandar no que sinto, (desenhou a primeira vírgula com uma falsa timidez, sentiu vergonha, corou mesmo). Não segue.

Tratou que os porres fossem incontáveis. Desde aí a vida — para ele — acontecia sempre do outro lado da rua. Apertava os olhos para enxergar melhor, franzia a testa, encarar os fatos: questão de honra, mas sem jamais esticar um dedo.

É claro que com o tempo não só os móveis foram, assim, se embaçando, não só as paredes e o carpete, não só. Tudo foi ficando pequeno, a casa de empréstimo, o quarto dividido, os livros, tudo apertado, seu coração — de empréstimo. Esta é uma carta que há muito deveria ter seguido. O que havia nela para ser dito era mesmo fácil, esquecível. O perigo, na época, teus olhos, o calor, o fato arrebentado torcendo a cadeia de uma normalidade qualquer. O bonito é não ter sido, termos educado nossos filhos e repousado. O bom é não termos cometido nenhum pecado, é termos ido, freqüentado todos os encontros e alimentado nossa disposição de nunca estar à deriva. O bom mesmo é não termos nos tocado. Então, todos esses anos eu, pessoalmente, providenciei não enviar esta carta.

Desatou calmamente o arremate bem-feitinho e foi enrolando nos dedos a linha, frágil, viciada no velho rendilhado. Arrependeu-se um pouco quanto à empregada.

PEQUENA TELA

Tranquei a garganta e saí, bem devagar. Revistadas todas as gavetas não sobrou nada em que eu pudesse me apoiar. Você não veio. O sol opinava baixo deixando um longo rastro de coisas meio-mortas, meio-cansadas. Na pequena tela é que se podia ver melhor, as cores, os semi-tons, tudo quase existindo, quase conseguindo. O jardim em frente insuportavelmente verde, machucado por crianças selvagens porém gentis, ia mostrando rosas, margaridas, dálias e mais tantos nomes desperdiçados, enjoados mesmo, querendo dar sentido à vida. Eu não via nada, seguia com a memória me balançando a cabeça, direcionando minhas pernas. Tudo que existe é exatamente o que parece, nenhuma coisa representa outra, coisas e pessoas ocupadas em ser elas mesmas, por isso eu não precisava olhar. Tinha feito o meu serviço com muita ordem e até com um certo gosto. Debruçada no parapeito esperei além do combinado, decorando cada detalhe da nossa última conversa até entender que por mais ninguém eu viria aqui. Tanto fazia eu estar agora andando de olhos fechados ou ainda estar lá, debruçada no parapeito. Também podia ainda estar fazendo o meu serviço ou conversando ou ser ainda uma menina recebendo os primeiros mistérios. Olhos abertos ou olhos fechados, as coisas são o que são mesmo, e os sons: o ranger do balanço velho, a porta encrencada do armário ou o freio repentino de um pneu no asfalto. Os primeiros pingos de chuva ou a batida seca lançando meu corpo para longe, longe. Tanto faz.

A COR DO SEU ANEL

Mestre Ivo tinha a perna direita mais curta, mancava, portanto. Dona Augusta não reclamava, uma dor de lado tornava suas noites cada vez mais curtas, nem percebia a ausência do marido. Benta perseguia o gato, brincava de gira, inventava coro para si mesma; dormia cedo, comia pouco. Benta, a filha que sobrara, destoava tanto do ambiente que quase não existia. Só às vezes chorava.

Mestre Ivo era marceneiro, agora exercia só por gosto. O filho mais velho havia montado uma pequena fábrica, arrumada e bem-sucedida. De longe sustentava os três com o ofício herdado do pai. Não tinha problemas, esse. Dona Augusta cozinhava: arroz-feijão, todos os dias, e muito doce em calda. Embora fosse diabética fazia para os olhos, como ela dizia, o colorido dos vidros enfileirados no parapeito da janela. A filha passava o dedo, Mestre Ivo enjoava.

Benta crescia livre como uma rata.

Mestre Ivo desconcertava quando lhe perguntavam da do meio. Dona Augusta apertava a barriga. Benta raramente se lembrava.

Mestre Ivo tinha um passeio preferido. De tarde, banho tomado, andar até o centro e tomar um café. Quente, doce, em pé — de frente ao balcão — tomava devagar; às vezes pedia outro e lia o jornal com as notícias vencendo.

Dona Augusta não saía nunca. Benta se demorava cada vez mais na saída da escola.

Mestre Ivo um dia inventou de ter uma história. Inaugurou uma campanha — de bairro — para dar teto às crianças — da rua — carentes. Havia um casarão sendo leiloado à preço de banana, ali na esquina. Fez o que pôde, angariou fundos, de que maneira? as mais criativas, foi um sucesso realmente — em seu bairro —. Não deu para comprar o tal casarão.

Dona Augusta aproveitou para fazer uma festa no dia de Cosme-Damião.

Benta fugiu.

Mestre Ivo deu para perder o sono, a perna formigava — a mais comprida — andava pela casa batendo o cachimbo vazio pelos cantos dos móveis.

Dona Augusta, num fim de tarde muito claro, morreu.

Uma vez por mês chegava pelo correio um pacote de tabaco de cereja, era de Benta.

ESTADIA

Chegou, noite alta, cinco léguas contadas. Nem muito nem tão pouco, na verdade não sentia nada, as pontadas eram de antes, cada sorriso uma chicotada. Estrela variante sua cabeça brilhava, girava, a cada volta uma contorção e as tais fotografias reapareciam: o sorriso dela dentro da noite, o sorriso dela dentro do escuro. São cinco anos, cinco nós, cinco pés para descansar. Deu um pontapé na porta de entrada.

O quarto parecia uma aquarela: três abajures, roxo, rosa e verdinho. A lâmpada de cima estava queimada. Na cama uma colcha de retalhos, por sorte envelhecida, bem apagada, no chão um tapete de sisal e pronto. Quase chorou, ali mesmo, sem acabar de entrar, sem se sentar, sem largar as malas, sem coragem de olhar para o resto do quarto, o outro canto pouco iluminado onde estava a mesa, mais discreta, com apenas uma cadeira e um vaso sem flores, o que lhe proporcionou um certo alívio. Descansar, a única alegria, mas a cabeça ainda girava.

Muito bem. Reparou, contrariado, que ainda podia relacionar idéias com fatos, podia trazer de volta desde seu travesseiro até o último contato com aquela que — jurava — era seu fim. Porque foram muitas as promessas e os recalques, as explicações. Podia inventar palavras, deformar a realidade, que afinal já lhe escapava mesmo, para este fim de caso obtuso. Em sua cabeça girava um antigo itinerário do apito dos trens, antiqüíssimas estações que cheiravam igual ao quarto que também girava na sua cabeça. Aquele quarto, reparava agora, tinha cheiro de quem fica, de alguém em resguardo.

Deu três voltas pelo quarto, olhando em torno, as malas ainda encostadas na parede, aquela cadeira única e o vaso sem flores. Há dias chovia, chovia. Aquele quarto aquarela, sem-graça, intocado, passava um certo conforto e quando o choro vinha uma voz discreta vinha também: "não foi de propósito. Foi um susto, já passou."

(Alguém que presenciasse o débil desenrolar destes dias saberia explicar melhor sua total incapacidade de permanecer ali por mais tempo.)

Então, este quarto e este sono absurdo, não hesitou mais em se esticar inteiro na cama, nem se incomodou com o colorido apagado da colcha invadindo um fim de mal-estar. Dentro da noite cinco contas e o teu sorriso. Baile de pérolas num salão de cristal. Pensava que fosse perpétua, ela. Pensava em tirá-la para dançar, mas sua cabeça girava ainda. Tocava só de leve as coisas, como o verdadeiro mal.

ELEGÂNCIA

Fez o sinal da cruz e com uma das mãos foi como se abençoasse o firmamento, gesto medido, dedos retos em direção ao o-quê, leve, um gesto suave e leve.

Nesta calmaria sentiu a brisa pegajosa que vinha do mar. Melhor que nada. Neste calor. E também ali sozinha, vestido largo, cabelos compridos, lisos, as mãos pelo sinal. Estava realmente, completamente só. Nenhum drama em sua vida, nenhum acontecimento, morte súbita ou as tais perdas irreparáveis. Na verdade, nunca havia perdido nada. Tudo de acréscimo, na hora marcada. Meio sem merecimento iam lhe cabendo as coisas e os ditos esperados relacionamentos. Difícil era explicar este benzimento, esta hora maldita de absoluta unidade com as pedras, o sal, o calor, o vento, a brisa, seu vestido que voava, a brisa, seus cabelos, os olhos fixando o longe, o ar, o calor, o sinal da cruz, a absoluta paz.

Podia sim estar ali e sentir paz. Inteira em suas mãos postas. Naquele instante era ela toda um gesto, uma renúncia, a única salvação para todos os ódios. E pior que todo ódio, este deixar estar — largo despejamento da existência —, sem enjôo, um indo, pestanejante, mas sempre reta, jamais à deriva.

Também estar lá era cantar à vontade! quando a filha lhe disse que desafinava não precisou estudar canto, apenas pensar no assunto. E igual quando o marido pontuava sua resistência, precisava só de um momento e respirar. Correr atrás dos sentimentos pelo prazer de bater-lhes com a porta, pesada porta de sua cada vez mais escondida morada.

Tarde clara, e a claridade estava com ela. Seus pensamentos, o vento, o sal da água. Agarrava aquela tarde como quem apanha um vidro suado e inquebrável. Em sua testa a brisa e o calor.

Descansou naquele gesto duas ou três coisas das mais simples perdoadas: o outro, o desalento, a cobiça, o nenhum esquecimento.

A LUA

para o Rubens

Tela, aquarela.

A delicada forma de teu rosto. Palavra suave explicando teu perfil, perverso e moderno, te quero.

E não te ausentas, não te arrebentas em formas outras, é o teu rosto me servindo com paciência, nada de estranho, só não te comoves, não te abala me ver cansada, chorosa, ciente. Nem te comove a sala lotada, mantém o ver sem brilho, o gosto reticente.

Nada. Performance das mônadas descalças.

Em noite, de queda obrigatória, ainda brilha a tua memória, de outras noites, em que nos queríamos ainda, dança então tua mão na minha, e permaneces: inteiro, mas na ponta da escrita, como tinta rubra de uma boa safra.

É aí que não te perco. Teu rosto é o sinal da tua permanência. Teu gesto marcando o sinal da falta. Trago seu tempo, servido numa bandeja, como uma verdadeira desvairada. Mas a lua não tem berrado, não está louca esta coitada.

EM RESUMO

Então o cara calado chegou e finalmente disse. Mesma cena. Recompunha com calma os pontos livres do crochê. Vovozinha suave, bendita. Cabelos brancos ainda presos ao pente e, de surpresa, o intragável. Vovozinha leve que ainda vinha todas as noites, sem estilo, vinha de teimosa.

Mas aquele cara cheirava cola e deslizava por um corrimão permanente, um que tinha à guisa de escorregador. Crocheteava ele mesmo que era para disfarçar.

Tinha dias de sol à pino, em pleno inverno, sol rasgado e era tanto pior. Mas quando via o choro — sentado ao seu lado — quando via a lágrima dependurada, e as mãos, pequenas, tapeando o ocaso. Pensava que nunca se olhariam de tão perto, nem para dar o troco. A solidão podia ser brincável, mas sempre a mesma, mesmíssima para os dois.

Nos fins de tarde a vida parecia inatingível. Depois ficava fácil. Andava por aí pensando na vovozinha, sendo a própria vovozinha embrulhada para presente, tapeando a sorte, fumando o último.

Ele era calado mas nem tanto, feio mas não muito, triste, às vezes. Isto perturbava um pouco os relacionamentos. Um dia toparia com alguém que lhe dissesse: Alguma coisa tem que ser verdade. Se não fica este ô interrompido, um cílio esmagado entre os dedos, neste ar parado sem ainda poderem se encarar.

Vovozinha leve, olhava tudo e sorria.

OUTROS TÍTULOS

LINHA DE COSTURA
Edith Derdyk

DEZEMBRO DE UM VERÃO MARAVILHOSO
Cadão Volpato

JARDIM ZOOLÓGICO
Wilson Bueno

Impresso nas oficinas da
Gráfica Palas Athena